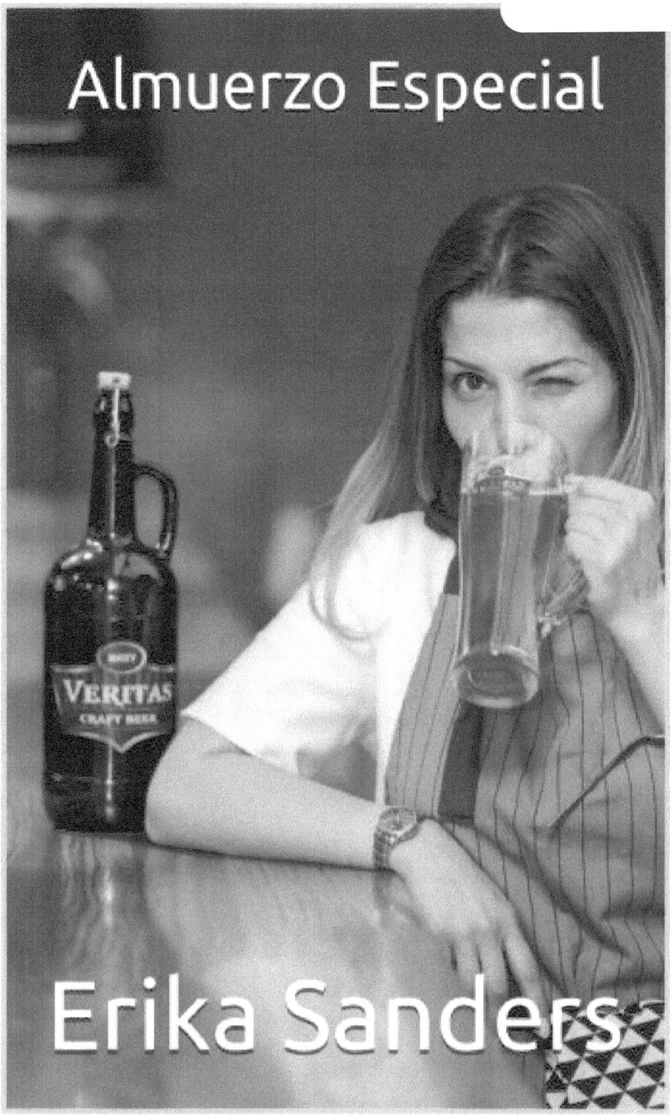
Almuerzo Especial
VERITAS
CRAFT BEER
Erika Sanders

Almuerzo Especial

Erika Sanders

Serie
Colección Historias Eróticas

Sinopsis

Una bonita camarera premia a un cliente habitual con un almuerzo especial...

Almuerzo Especial es una historia perteneciente a la colección Historias Eróticas, una serie de historias de alto contenido erótico.

(Todos los personajes tienen 18 años o más)

Nota sobre la autora:

Erika Sanders es una conocida escritora a nivel internacional, traducida a más de veinte idiomas, y que firma sus escritos más eróticos, alejados de su prosa habitual, con su nombre de soltera.

Índice:

Sinopsis
Nota sobre la autora:
Índice:
ALMUERZO ESPECIAL POR ERIKA SANDERS
FIN
DOMINANDO A SUSAN EL NUEVO TRABAJO (DOMINACIÓN ERÓTICA) POR ERIKA SANDERS
PRÓLOGO
EL NUEVO TRABAJO
LA OCUPACIÓN REAL
LA HISTORIA CONTINUA EN EL PRÓXIMO VOLUMEN: LAS REGLAS
CASADA CURIOSA CINDY LA VAMPIRA 1 ERIKA SANDERS
FIN
SUMISA ERIKA SANDERS
FIN

ALMUERZO ESPECIAL
POR
ERIKA SANDERS

Billie entró en Jimmy's Steakhouse poco antes del mediodía y descubrió que él era el único cliente del almuerzo. Todas las mesas estaban vacías. Diane se paró en la puerta de la cocina y lo saludó con la mano cuando lo vio.

"¡Hola, Bill!" ella gritó. "¿Como esta tu dia?"

"Bien, Diana". Fue a su reservado habitual y se sentó. Era un hombre delgado de treinta y tantos años, con solo una leve capa de canas comenzando a aparecer en su cabello oscuro. Diane no sabía exactamente a qué se dedicaba, pero sabía que tenía algo que ver con las computadoras. Él era su habitual favorito.

Cogió la jarra de agua y un vaso limpio y se acercó a su mesa. "¿Como va tu dia?" preguntó.

"Oh tú sabes." Puso el vaso frente a él y le sirvió un vaso de agua.

"Silencio, ¿eh?" Inspeccionó el restaurante vacío.

"Último día", dijo ella. "Todos nos han dado por cerrados ya".

"Aún es temprano. Recibirás más más tarde".

Ella rió. "Tal vez. Realmente no importa en este momento, ¿verdad?"

"Supongo que no". Billie palmeó la mesa de madera. "¡Último día! Qué pena. ¿Cuánto tiempo va a estar cerrado?"

"Un mes. Jimmy quiere reabrirlo como un club de striptease la primera semana de mayo. Cree que puede cambiarlo todo en un mes".

"¿Pero hoy es tu último día?"

Diana asintió. "Después de hoy, estoy desempleada".

"Lo siento. ¿Jimmy no te va a dar trabajo en el club de striptease?"

Diana sonrió levemente. "Ha hecho una oferta. Pero no es para mí". Ella se encogió de hombros. "Hay otros restaurantes. Encontraré otro lugar para ser camarera".

"Espero que me digas dónde terminas. Voy a necesitar un nuevo lugar para almorzar".

Ella asintió. "¡Claro! Te lo haré saber".

Billie miró con nostalgia el interior del restaurante. Las paredes y el techo estaban construidos con madera oscura pulida, al igual que las mesas y los reservados. La madera parecía absorber la luz, haciendo que el restaurante pareciera oscuro a pesar de las ventanas abiertas. El suelo estaba cubierto por una fina alfombra verde que se había desteñido y descolorado con el paso de los años debido a derrames y manchas. "Es difícil imaginar este lugar como un club de striptease. Creo que Jimmy tendrá que cambiarlo un poco".

"Tiene planes hechos", dijo Diane. "Los he visto un par de veces". Miró a su alrededor también, tratando de imaginar el interior que siempre había considerado anticuado y con clase, repentinamente transformado en las luces intermitentes y la música de un club de striptease. "Veamos..." Ella señaló. "La barra estará en el mismo lugar, por supuesto. Allá, en ese lado de la sala, ahí estará el escenario. Esa pequeña área a la derecha, Jimmy va a poner una pared para cerrarla, y ahí es donde estarán las salas de baile privadas".

"¿Salas de baile privadas?"

"Sí. Ya sabes... para bailes eróticos y esas cosas". Señaló hacia la cocina. "Los cuartos de almacenamiento fuera de la cocina, Jimmy los está convirtiendo en vestidores para las chicas. Tendrán una puerta que lleva directamente al escenario. Todavía necesitará una cocina, pero será mucho más pequeña. " Se volvió hacia Billie y sus ojos se posaron en un sesgo de luz solar que cruzaba la mesa desde el exterior. Con voz suave, casi como si estuviera hablando consigo misma, comentó: "Las ventanas estarán tapiadas".

"¿Sin ventanas?"

"Los clubes de striptease no pueden tener ventanas". Diana negó con la cabeza. A ella no le importaba. Ella se habría ido hace mucho tiempo. "¿Necesitas un menú? ¿O ya sabes lo que quieres?"

"Tal vez debería mirar un menú hoy. Es mi última oportunidad de pedir algo y hay tantos elementos en el menú que nunca he probado. Tal vez debería comprar algo nuevo".

"Depende de ti", dijo Diane. "Pero si quieres mi consejo, creo que deberías conseguir uno de tus favoritos. Consigue un 'Reuben'. Sabes que Jimmy puede cocinar uno de esos".

Billie se rió entre dientes. "Sí, probablemente tengas razón".

Diane se acercó a la estación de la anfitriona y tomó un menú. Regresó y se lo entregó a Billie. "Depende de ti. Te daré un minuto, ¿de acuerdo? ¿Algo de beber?"

"Ahora, para eso, ¡definitivamente voy a ir con lo de siempre!"

Diana sonrió. "Un whisky sour, subiendo enseguida". Caminó hacia la puerta de la cocina y la abrió.

Jimmy estaba sentado en la cocina, viendo jugar a los 'Red Sox' en el pequeño televisor. Era un hombre generalmente delgado, excepto por una barriga leve que colgaba sobre su cinturón cuando se sentaba. Tenía el pelo corto y rizado y la sombra de una barba emergente en la barbilla y el cuello. Miró a Diane cuando entró.

"Parece que vas a tener que trabajar hoy, Jimmy", dijo. "Tenemos un cliente".

"¿Tenemos?" Parecía sorprendido. Pensó por un momento antes de adivinar, "¿Billie?"

"Mm-hmm. Pidió su whisky sour".

"¿Y un 'Reuben'?"

"Aún no ha decidido lo que quiere para el almuerzo". Diane se apoyó contra el mostrador de madera, observando a Billie buscar el whisky. El bar ya había sido empacado, el alcohol guardado en cajas. "Sabes, sería más fácil si hubieras etiquetado esas cajas con lo que hay en ellas".

"Lo sé. Todavía no me he puesto a eso". Encontró la botella que quería y la sacó. Le sonrió a Diane, mostrándole la botella.

Diane parecía convenientemente impresionada. "¿Las cosas caras?"

"Billie ha sido un buen cliente. Voy a prepararle el mejor whisky sour que haya probado". Billie se encogió de hombros. "Tal vez siga siendo uno de mis clientes habituales cuando vuelva a abrir".

"Tal vez. Quién sabe. Todavía necesitará almorzar en algún lado, y no creo que tu club de striptease tenga mucho menú".

"Tendremos un almuerzo buffet entre semana", dijo Jimmy. "Pizza poppers, taquitos, mini quesadillas. Ese tipo de cosas".

Diana sonrió y puso los ojos en blanco. "Sí. Como dije, no hay mucho de un menú".

Jimmy miró las cajas sin etiquetas. "¿Quieres venir mañana? ¿Ayudarme a organizar las cosas? ¿Otro día de pago?"

Ella sacudió su cabeza. "No, Jimmy. Quiero descansar este fin de semana para poder comenzar con la búsqueda de trabajo el lunes".

"¿Estás buscando otro trabajo de camarera?"

"Sí. Necesito ir de un lugar a otro para obtener solicitudes, tratando de averiguar quién está contratando. Sé que la semana que viene va a ser mucho conducir y caminar mucho, así que solo quiero relajarme este fin de semana, tal vez ver algo en exceso". Netflix".

"Bueno, ya sabes... siempre puedes aceptar mi oferta". Jimmy la miró por el rabillo del ojo.

Diana suspiró. "Vamos, Jimmy. ¿De verdad puedes verme como una stripper?"

"¿Por qué no? Eres buena con los clientes y tienes un cuerpo de dinamita. Y te dije que solo te pediría que te desnudaras hasta que contratáramos suficientes chicas. Entonces eres la gerencia. Uno de los jefes. Yo Necesito tu ayuda para administrar el lugar, y sé que serías bueno en eso".

"Las strippers tienen que saber bailar. Nunca he tomado una clase de baile en mi vida".

"¡No tienes que saber bailar! Solo muévete de un lado a otro, mueve el trasero, eso es todo". Jimmy hizo una demostración con un movimiento incómodo que hizo reír a Diane. "A los chicos que miran, ¡no les importa si sabes bailar o no! ¡No es el maldito ballet! Solo están allí para pasar un buen rato, ver a algunas chicas bonitas".

"Sí, claro", dijo Diane. "Chicas bonitas. Ahí es donde estoy fuera. Parezco una camarera".

"Estás bromeando, ¿verdad? ¡Eres increíblemente hermosa, Diane! Serías mi mejor atracción. Los chicos vendrían solo para verte. Demonios, lo hacen ahora".

Diana se rió. "No lo creo. Pero gracias."

Jimmy terminó de mezclar la bebida y la empujó a través del mostrador hacia ella. "¿Quién está ahí fuera? ¿Solo Billie?"

"Creo que sí. A menos que alguien más haya entrado desde que volví aquí".

Jimmy asintió. "Hagamos un experimento". Alcanzó el cuello de su camisa. Diane miró hacia abajo, confundida, y vio que sus dedos estaban desabrochando hábilmente sus botones.

"¿Qué estás haciendo?" preguntó ella nerviosamente mientras él se abría paso por la parte delantera de su camisa. "¿Qué experimento?"

Habiendo terminado con sus botones, Jimmy le abrió la camisa. Diane llevaba un sostén negro debajo. Le gustaba cómo el color oscuro a veces se mostraba a través de la fina tela de su camisa blanca. Tenía la camisa metida en la falda y Jimmy la sacó con cuidado. "Quiero que le des una oportunidad", dijo. "Mira lo que se siente".

"¿Probar qué?"

"Date la vuelta", ordenó Jimmy, y Diane se volvió para darle la espalda. Jimmy le quitó la camisa de los hombros y la bajó por los brazos. "Cuando le traes a Billie su bebida", dijo Jimmy. "Quiero que intentes hacerlo sin ropa".

"¿Sin ropa?" Diana estaba sorprendida. "¿De qué diablos estás hablando, Jimmy? ¿No querrás decir que quieres que salga desnuda?"

"Claro, ¿por qué no? Dijiste que solo es Billie, ¿verdad? Es el único en la habitación. ¿Y no es tu amigo?"

"¡Va a pensar que me he vuelto loca si me ve salir sin ropa!"

"No, no lo hará". La voz de Jimmy era tranquila y tranquilizadora. "Pensará que sus sueños se están haciendo realidad, eso es lo que pensará. Ese hombre ha estado llevando una antorcha por ti durante meses".

"¡Oh, eso no es cierto!"

"¿No es cierto? Ha estado viniendo aquí todos los días a almorzar durante casi un año. Créeme, no soy TAN buen cocinero". Jimmy negó con la cabeza mientras desabrochaba el broche de la parte de atrás del sostén de Diane. "Él siempre se sienta en tu sección, y si no estás, pregunta por ti. ¿Te ha preguntado dónde vas a trabajar después de esto?"

"Le dije que no sé dónde estaré trabajando..."

"¡Ajá!" Jimmy asintió triunfante. "¡Así que él preguntó!"

"¡Eso no significa nada!" Diane se dio cuenta de que su sostén ya no estaba, Jimmy lo había robado y ahora él estaba en el proceso de desabrocharle la falda. Ya la tenía medio desnuda, y ahora estaba trabajando en la otra mitad. Diane sostuvo su brazo sobre sus pechos. "¡No importa de todos modos! ¿Y qué si viene aquí a verme? ¡Eso no significa que quiera que me vea desnuda!"

"Solo explícale lo que estás haciendo", dijo Jimmy. "Dile que estás tratando de decidir si quieres aceptar mi oferta para trabajar en el club de striptease. Billie no tendrá ningún problema con eso, te lo prometo". Jimmy empujó su falda sobre sus caderas hasta que se deslizó por sus piernas hasta el suelo.

Diane se dio la vuelta, todavía sosteniendo su brazo sobre sus pechos. Llevaba un delantal blanco atado a la cintura, lo que ayudaba a ocultar el hecho de que no llevaba nada más debajo de la cintura, excepto sus bragas negras de encaje y un par de tacones negros. "¡Te lo digo, Jimmy!" Ella lo miró a los ojos, tratando de transmitir lo seria que estaba. "¡Realmente no soy del tipo que toma un trabajo como stripper para tu nuevo club! ¡Realmente no lo soy!"

Jimmy se limitó a negar con la cabeza. "No voy a creerte hasta que al menos hayas probado esto". Extendió la mano. "Bragas."

"Jimmy..."

"Bragas."

Diana se mordió el labio. Se agachó y de mala gana empujó sus bragas por sus piernas. Los recogió del suelo y los colocó en la mano expectante de Jimmy.

"Genial", dijo. "¿Ahora creo que tienes un cliente esperando su bebida?" Jimmy señaló la puerta.

"No puedo creer que esté a punto de hacer esto", dijo Diane. Dejó caer el brazo de sus pechos y tomó el whisky sour de Billie. Cuando miró a Jimmy, él estaba mirando su pecho y asintiendo con agradecimiento.

"¡Esto es de lo que hablo!" él dijo. "Las mujeres pagan miles de dólares tratando de tener tetas como esas. Y todavía no pueden conseguirlas. Alegres como la luz del sol y suaves como un sueño".

"Vas a hacer que me sonroje", dijo Diane, y se preguntó si no se estaría sonrojando ya.

"Es la verdad", dijo. "Eres un diez natural, Diane".

"Oh por favor." Diane se detuvo un momento frente a la puerta, reuniendo valor. Se sentía como si estuviera a punto de zambullirse en una piscina fría. ¿Qué pensaría Billie cuando la viera? Diane podía sentir que temblaba. ¿Cómo podía ser una stripper cuando sentía tanta ansiedad ante la idea de estar desnuda frente a alguien?

A las tres, se dijo. Uno. Dos. Tres. Empujó la puerta y entró.

Una inspección rápida de la habitación mostró que, afortunadamente, Billie seguía siendo el único allí. Ella lo miró con temor; él estaba mirando por la ventana, y tomó un segundo antes de mirarla. Sus ojos se abrieron instantáneamente y su cabeza cayó hacia atrás sobre su cuello como si acabara de recibir una sacudida. Él la miró boquiabierto.

Ese fue el momento más duro. Diane sintió ganas de volver corriendo a la cocina. Se sentía tan expuesta, tan vulnerable. Movió las caderas de lado a lado, luchando contra el impulso de presionar sus brazos sobre sus pechos. En cambio, se obligó a sonreír y dio un paso hacia él. Paso a paso, se acercó a su mesa, el hielo en su whisky sour tintineaba contra el vaso.

"Guau", dijo Billie.

Podía ver sus ojos apuntando a sus pechos. Lo único que se le ocurrió hacer fue fingir que no pasaba nada. Tonto dadas las circunstancias, pero ella se acercó y colocó el vaso frente a él. "¡Un whisky agrio!" ella dijo. "¿Has decidido qué más quieres o necesitas más tiempo?"

"Tal vez necesite más tiempo..." graznó. "Dios mío, Diane... ¿qué estás haciendo?"

Ahora sabía que se estaba sonrojando. Podía sentir el calor en sus mejillas. Señalando su parte superior desnuda, dijo: "Jimmy me preguntó si alguna vez querría trabajar como stripper en su nuevo club. Nunca he sido stripper... y no estaba segura de cómo me sentiría desnuda enfrente de un cliente, ¿sabes? Así que voy a intentarlo". Tímidamente, preguntó: "¿Está bien, si eres el cliente con el que pruebo esto?"

"Uh... sí", susurró Billie. "Sí, está bien. Quiero decir... está bien". Billie miró su delantal blanco, que se ataba alrededor de su cintura y le llegaba hasta las rodillas. Tenía un bolsillo donde solía ir su bloc de notas y otro bolsillo para pajitas. "¿Así que no tienes nada debajo de ese delantal?"

Diana se rió nerviosamente. "No." Sintiendo que tenía que demostrárselo, rápidamente volteó la parte delantera del delantal hacia un lado, dejándolo ver la parte superior de sus largas piernas y su pequeña franja de vello púbico. Después de darle un segundo para confirmar que, de hecho, no llevaba nada debajo del delantal, dejó caer la tela blanca en su lugar.

"Wow..." Billie se quedó mirando el delantal, como si esperara que se lo quitara de nuevo, o tal vez pensando en lo que acababa de ver.

"Entonces... ¿sabes lo que quieres?" preguntó Diana.

Billie se rió entre dientes. "Sabes... te he escuchado preguntar eso cientos de veces, pero tiene un tono un poco diferente cuando estás parada allí sin ropa".

"¡Oh Dios mío!" Diane miró hacia un lado, avergonzada. "Tienes toda la razón. No pensé en eso".

"Quiero decir... Sé lo que quisiste decir, es solo..."

Ella agitó su mano. "Sí, sí, lo sé". Ella se rió. Haciendo una pose con la cadera sobresaliendo hacia un lado y adoptando una expresión demasiado seria, hizo un gesto hacia sus pechos. "¿Estás interesado en saber más sobre nuestras ofertas especiales?" le preguntó a Billy.

Billie se rió. "¡Wow! ¡Eso es bastante bueno! Estoy vendido. No necesito escucharlos, solo dame uno de cada uno".

Diana se rió. Adoptó otra pose, esta vez de pie con las piernas juntas y las manos detrás de la espalda. "Hola, señor", dijo ella inocentemente. "¿Te gustaría café, té... o yo?"

"¡Definitivamente tú!" Billie sonrió. "Maldita sea, Diane. Tal vez deberías tomar ese trabajo en el club de striptease después de todo. Eres natural. Pareces muy cómoda así".

"No..." Diane bajó los ojos recatadamente. "Solo estoy jugando".

Billie asintió hacia su delantal. "¿Quieres dar un pequeño giro?"

"¿Por qué?"

"Quiero ver cómo te ves desde atrás".

Diane hizo lo que le pidió, girando lentamente en su lugar. Cuando estaba de espaldas a él, se asomó por encima del hombro, tratando de verse a sí misma. "El delantal no me cubre allá atrás, ¿verdad?"

"No", dijo. "Estás bastante desnudo. Necesitas un delantal más grande".

Ella se dio la vuelta para mirarlo de frente. "Caminaré hacia atrás para que no puedas ver".

"No, no hagas eso", dijo. "Tienes un gran trasero. No me importa echarle un vistazo cuando te alejes".

"Oh por favor." Diane se rió, pero se sintió halagada. "Entonces, ¿has descubierto lo que quieres?" Cuando Billie empezó a reírse de nuevo, Diane puso los ojos en blanco y le dio una palmada en el hombro. "¡Oh, silencio! ¡Sabes lo que quiero decir! ¿Qué se supone que debo decir? ¡Cualquier cosa que diga sonará sucio!"

"No, no", dijo Billie. "Lo siento. Adelante, haz tu pregunta. No me reiré".

"Está bien", dijo Diana. "Dime que quieres."

Billie sonrió con picardía. "Quiero que vuelvas a levantar ese delantal".

"¡Oh Dios mío!" Ella le dio una palmada en el hombro otra vez. "Quiero decir, ¿cuál es tu maldito pedido para el almuerzo?" Pero luego ella le sonrió juguetonamente y se agachó para subirse lentamente el delantal por encima de la cintura. Esta vez, mantuvo el delantal en su lugar, dejando pacientemente que él echara un largo vistazo a su coño expuesto.

La mirada que dirigió entre sus piernas definitivamente estaba interesada, y se le ocurrió que lo estaba molestando más que un poco. Además de eso, no podía negar que su cuerpo estaba respondiendo a su acto de exposición lasciva, y una sensación de excitación hormigueante creció dentro de ella. La idea se coló en su mente de que casualmente podría agacharse y pasar el dedo por el exterior de su coño, y la emoción dentro de ella surgió abruptamente como una fogata rociada con queroseno. Rápidamente dejó caer el delantal, con la esperanza de que él no notara el aumento de su agitación.

"Entonces, ¿has decidido?" ella preguntó rápidamente. "Quiero decir, ¿para el almuerzo?" Sus muslos se frotaban bajo el delantal y podía sentir la humedad entre ellos. Es hora de retirarse a la cocina y volver a vestirse. Deseaba tener su bloc de notas, solo para poder tener un accesorio que mantuviera sus manos ocupadas.

"Sí", dijo Billie. "Iré con un Reuben después de todo".

Diana sonrió débilmente. "Ahí tienes. Iré a buscar a Jimmy para que cocine".

"¿Todavía vas a estar haciendo tu prueba de stripper cuando regreses?" Billie trató de mantener su voz neutral, como si fuera bueno en ambos sentidos, pero Diane no tenía ninguna duda de qué respuesta esperaba. Le recordó que él iba a estar mirando su trasero desnudo cuando ella se alejara.

"Ya veremos", respondió ella, aunque en realidad no tenía intención de volver sin la ropa puesta. Ella había complacido a Jimmy y experimentó con estar desnuda frente a un cliente, y ahora podía decirle a Jimmy un NO enfático, que NO aceptaría su trabajo para trabajar en el club de striptease. Claramente, ella no tenía la mentalidad de una stripper; se sentía demasiado cohibida.

Ella se quedó un momento más. "¿No has probado tu bebida?"

Billie se rió entre dientes. "Demasiado distraído. Olvidé que incluso tomé un trago".

"Deberías intentarlo", dijo ella. "Jimmy lo hizo especial para ti. Usó nuestra botella más cara".

"¿De verdad?" Billie tomó su bebida y tomó un sorbo. Él asintió en agradecimiento. "Guau. Eso es realmente bueno".

"Nuestra forma de decir gracias por ser un buen cliente", dijo Diane alegremente.

Billie volvió a reírse. "Ha sido un placer. Este lugar ha sido genial".

Diane consideró lo poco que llevaba puesto y reflexionó que su desnudez era otra forma de agradecer a Billie por ser uno de sus mejores clientes. No creía que hubiera consentido en estar desnuda frente a cualquier otro cliente que no fuera él. Él siempre había sido amable con ella; siempre disponible para conversar, o para escucharla con simpatía si estaba teniendo un mal día.

Por impulso, empezó a desatar los cordones de su delantal. "¿En que andas ahora?" preguntó Billie, pero no se molestó en responder. Tiró de los hilos de donde se enroscaban alrededor de su cintura y tiró del delantal para liberarlo de su cuerpo, quitando lo último que la cubría. Ahora él tenía una vista sin obstrucciones de su coño, y ella lo miró largamente mientras se tomaba su tiempo para doblar el delantal. Dejó el delantal sobre la mesa detrás de ella.

De pie completamente desnuda frente a él, con los brazos detrás de la espalda, Diane sonrió. "Como dije. Gracias por ser tan buen cliente".

Ella le dio un par de segundos más para admirar su cuerpo, luego se dio la vuelta y se lanzó hacia la puerta de la cocina.

Jimmy estaba de pie junto a la parrilla, su atención de nuevo en el partido de béisbol. Miró a Diane cuando entró por la puerta. "¿Dónde está tu delantal?"

"Jimmy", dijo, "lo probé, tal como me pediste, y es como pensé. No puedo aceptar el trabajo. No soy una stripper".

La decepción estaba clara en su rostro. "¿Realmente estás segura?" Él le hizo un gesto. "Porque te ves sexy como el infierno en este momento..."

"Estoy segura", dijo ella. "Simplemente no es para mí."

"Está bien." Él suspiró. "Realmente esperaba tenerte conmigo en esto del club de striptease. Pero si esa es tu decisión..."

"Es." Miró a su alrededor. "¿Dónde está mi ropa? Quiero vestirme".

"Los puse en la oficina. Toma, los iré a buscar ahora mismo". Hizo un gesto hacia un plato en el mostrador, y Diane se sorprendió al ver un sándwich Reuben recién hecho y papas fritas. "¿Quieres llevarle eso a Billie mientras tanto?"

"¡Pero aún no hice el pedido!" dijo Diana. "¿Cómo supiste que conseguiría el Reuben?"

"Casi siempre pide el Reuben", dijo Jimmy. "Pensé en seguir adelante y lograrlo".

Diane recogió el plato. Sabía que podía esperar a que Jimmy regresara con su ropa, pero el sándwich ya comenzaba a enfriarse. No tardaría mucho en dárselo a Billie.

Aparentemente, Billie la vería desnuda una vez más.

Diane abrió la puerta del comedor y salió. Llevó el sándwich a la mesa de Billie y lo dejó.

"¡Vaya, eso fue rápido!" él dijo.

"Jimmy ya lo había hecho", dijo. "Tenía una buena idea de lo que pedirías, supongo".

Probablemente esté aburrido allá atrás. Billie dio un pequeño mordisco a una patata frita. "¿Qué está haciendo ahí atrás, de todos modos?"

"Bueno", dijo Diane, "ahora mismo está buscando mi ropa para que pueda vestirme de nuevo".

"¿Oh? ¿Así que ya terminaste con esto?"

"Sí... Le dije que esto no es para mí. No creo que pueda ser una stripper. Yo también..." Se detuvo, lamiéndose los labios con ansiedad.

"¿Qué?" él la impulsó. "¿No te sientes cómoda así?"

"No, no estoy." Miró su cuerpo y luego admitió apresuradamente: "Creo... creo que conecto esto demasiado con el sexo. Con tener sexo. ¿Sabes? Si estoy desnuda así frente a un hombre... siempre es porque estamos a punto de tener sexo, ¿sabes? Creo que tengo demasiada asociación, en mi mente..."

"¿Y crees que eso haría demasiado difícil ser una stripper?"

"¡Bueno, sí! Porque se supone que es solo un trabajo. Es solo un trabajo para esas chicas. Se supone que no deben encenderse con esto...". Dejó de hablar y lo miró, avergonzada de haber admitido. estar encendida.

Su voz era tranquilizadora. "No creo que sea algo malo. En realidad, creo que es probablemente una gran cualidad si eres stripper. ¿No debería tu trabajo excitarte, de una forma u otra, sin importar cuál sea tu trabajo?" ?"

"No sé." Diane sintió que se estaba sonrojando.

"Dijiste que Jimmy tendría salas de baile privadas. Cuéntame más sobre eso".

"Oh, es posible que tengas que preguntarle a Jimmy de qué se trata", dijo Diane, feliz por cambiar de tema. "No conozco todos los detalles. Solo que las habitaciones estarán allí, y los hombres podrán pagar por un poco de privacidad... como si quisieran un baile erótico..."

"¿Lap dance? ¿Como las bailarinas de striptease en su regazo?"

"¿Supongo? O simplemente se sienta allí. No lo sé". Ella se encogió de hombros. "Supongo que es entre ellos dos, la stripper y el cliente, lo que ella hace". Diana se quedó helada. Por la ventana, pudo ver a un hombre cruzando frente al estacionamiento, caminando por la acera.

Billie siguió su mirada. "Él no está mirando".

"No..." dijo ella. "Es difícil ver a través de las ventanas cuando el sol está sobre ellas. Aún así... se siente raro... estar parado aquí, con la ventana justo ahí..."

"Nadie puede ver".

"No creo que puedan..." Ahora no estaba tan segura.

"Bueno, solo está caminando. Ni siquiera está mirando. Y en este momento, mi auto es el único auto en el estacionamiento. No hay nadie afuera, nadie está entrando".

"Bien." Diane se tambaleó ansiosamente. "Entonces... sobre el baile erótico... sí, ni siquiera sé cómo se supone que una stripper debe bailar en el regazo de alguien. ¿Tal vez solo significa que ella está cerca, como bailando justo en frente de él? O tal vez en realidad no está bailando, simplemente frotándose contra él..." Ella frunció los labios. "¿Estás jugando conmigo, que no sabes sobre bailes eróticos? ¿Alguna vez has tenido uno? Dime honestamente".

Billie negó con la cabeza. "Nunca he tenido uno. Ni siquiera he estado en un club de striptease antes".

"¿No?"

"No. No es el tipo de lugar al que iría solo... y los amigos que tengo no son de los que sugieren una expedición a un club de striptease".

"¿Por qué no irías solo?" Diana quería saber.

Billie se encogió de hombros. "Supongo que pensar en eso es un poco intimidante. Estar sentado allí solo, con una mujer que no conozco parada desnuda justo frente a mí. No sabría qué decirle".

La boca de Diane se torció en la esquina. "Pero tú me conoces", dijo en voz baja, "y estoy de pie desnuda frente a ti en este momento".

Billie asintió. "Diane, si decidieras trabajar en el club de striptease de Jimmy, definitivamente sería un cliente".

"De verdad..." Podía sentirse balanceándose de un lado a otro, como si estuviera tratando de hipnotizarlo con sus lentos movimientos. "¿Me llevarías a las salas de baile privadas para bailes eróticos?"

"No lo sé", dijo. "No has hecho un muy buen trabajo al explicar lo que sucede durante un baile erótico".

"Eso es porque no lo sé", dijo. "No estoy segura. Pero no creo que sea difícil de adivinar". Diane trató de imaginarse a sí misma con Billie en una de las habitaciones privadas, haciendo un baile privado para él. Desnudo, pero por supuesto, ella no tenía que imaginar esa parte. La música sonaba y ella movía su cuerpo seductoramente frente a él, lo suficientemente cerca para que él extendiera la mano y tocara su piel.

Diane se dio cuenta de que estaba moviendo su cuerpo en la vida real para que coincidiera con el baile que imaginaba en su mente. Billie la miraba y sonreía, divertida por su sinuoso movimiento de ida y vuelta. Diane se sintió tonta bailando sin música, pero no se detuvo.

Billie se acercó más a la ventana. Palmeó el asiento a su lado. "¿Por qué no te sientas un minuto?" el sugirió.

Ella todavía estaba bailando. "¿Quieres que me siente?"

"Sí. Quiero preguntarte algo".

Diane se deslizó en la cabina junto a él. Se encontró con los ojos de Billie, esperando expectante.

"Entonces, digamos que te pido que vayas a la sala de baile privada y dices que sí", dijo.

"UH Huh."

"¿Entonces entramos y estamos en una habitación, solos?"

"Ajá. Privado".

Billie alargó la mano casualmente y presionó su mano contra su seno derecho. "¿Se me permite tocarte así?" preguntó.

Diane miró su mano mientras él apretaba suavemente su pecho. "No lo sé", dijo suavemente. "Um... Creo que probablemente no esté permitido". Sus dedos encontraron su pezón, acariciando el punto duro. "Pero es una habitación privada..." Cerró los ojos, retorciéndose contra el asiento mientras Billie se inclinaba y le chupaba el pezón en la boca. "No hay nadie más allí... estamos solos... así que si no te detengo... ¿quién lo hará?"

"Ese es un buen punto", dijo Billie. Ahora alcanzó entre sus piernas y presionó su mano contra su coño. "¿Qué pasa con esto? ¿Está permitido?"

"¡Oh!" Diane se apoyó en su hombro, abriendo más las piernas. "¡Te lo sigo diciendo, no lo sé!" ella jadeó cuando su dedo empujó dentro de ella. "¡Ohh! ¿Por qué me preguntas? ¡Realmente no lo sé!"

"Creo que es la misma respuesta que diste hace un minuto". Billie movió su dedo dentro y fuera de su coño mojado. "Tal vez no esté técnicamente permitido... pero en realidad, depende de ti y de mí, ¿no?"

Diane se estiró hacia él y lo besó en la boca, dejando que sus piernas se abrieran para que su mano pudiera moverse libremente entre ellas. Sus dedos penetraron su humedad, haciéndola gemir, y el placer que le dio entre sus piernas se manifestó en el hambre de sus besos. Levantó el pie izquierdo, dobló la pierna hacia un lado y colocó el pie en el banco, como si lo instara a explorar más profundamente dentro de ella.

"Realmente estás tan excitada, ¿no es así?", Murmuró, con una nota de asombro en su voz, sus dedos ahogándose en su humedad. Su cuerpo era asombrosamente receptivo a sus manipulaciones. Su dedo índice encontró su clítoris y jugó con él, haciéndola estremecerse y maullar como un gatito.

Ella se apretó contra su costado. "¡No puedo hacer esto! ¡No puedo ser una stripper! ¡Ohhh! ¡Se supone que las strippers no deben ponerse así!" Ella dejó caer su mano en su regazo. "¡Oh! ¡Tú también!" Sus dedos recorrieron la parte delantera de sus pantalones, sintiendo la enorme forma que luchaba por liberarse. No tenía idea de que Billie fuera tan grande ahí abajo.

"¿Me permitirían sacarlo?" preguntó. "¿En la habitación privada?"

Diane tenía una mirada salvaje en sus ojos mientras miraba hacia su regazo. No podía permitirse decir la primera respuesta que le vino a la mente, aunque la necesidad que mostraba en su rostro lo decía claramente. En cambio, ella dijo: "¡Baila!" Ella lo miró a él. "¡Se supone que debo bailar para ti!"

"No tienes que..." comenzó a decir, pero ella ya se estaba alejando de él. Ella saltó del asiento y se puso de pie y se volvió hacia él.

"Vamos..." ella respiró. "Es un baile erótico". Ella extendió su mano. Cuando lo tomó, ella tiró de él hacia adelante, mostrándole que se suponía que debía sentarse al final del banco. Una vez que estuvo en su lugar, ella comenzó a bailar, balanceándose de un lado a otro frente a él.

Apenas logró bailar en absoluto, durando solo hasta el punto en que trató de sentarse en su regazo. Una vez que su parte trasera tocó la forma de su polla presionando contra la parte delantera de sus pantalones, se convirtió menos en bailar y más en frotarse contra él. Ella se movió encima de él, como si estuviera tratando de sentir las dimensiones exactas de su polla usando solo su culo.

Él la tocó libremente mientras ella bailaba, acariciando sus pechos, pellizcando sus pezones, pasando su mano arriba y abajo por la línea de su trasero. Sin aliento, finalmente se agachó frente a él y desabrochó la parte delantera de sus pantalones, como si estuviera cansada de adivinar y tuviera que saber cómo se veía realmente su pene. Extrajo la cosa larga e hinchada, la sostuvo en su mano por un momento, maravillándose de su tamaño, luego, después de acariciarla varias veces, volvió a su baile erótico. Esta vez, cuando se frotó contra él, su polla se acomodó perfectamente en la hendidura de su culo y ella se deslizó arriba y abajo contra él.

Ella se elevó muy por encima de él, y justo antes de bajar, Billie movió su polla hacia adelante muy levemente. Cuando se dejó caer, la boca de su coño aterrizó de lleno en la cabeza de su polla, y Diane no dudó, hundiéndose en su eje rígido con un grito ahogado. Ella se movió hacia arriba y hacia abajo sobre él mientras él tomaba sus pechos por detrás.

"¿Esto está permitido?" preguntó entre respiraciones irregulares. "¿Follarte así?"

"¿Por qué me sigues preguntando?" ella gimió. "¡No sé! ¡No sé nada!" Ella se levantó de su polla, pero solo lo suficiente para darse la vuelta y montarse a horcajadas sobre él. Sus pechos estaban justo en frente de su cara, y él chupó sus pezones mientras ella rebotaba sobre su polla. Su cuerpo se tensó en un orgasmo, sus piernas se apretaron alrededor de él mientras jadeaba para respirar.

Después de su orgasmo, ella cayó contra él, pero ahora, con una fuerza que no sospechaba que él poseía, Billie puso sus manos debajo de su trasero y la levantó. La sentó en el borde de la mesa, a pocos metros de su sándwich Reuben intacto. Diane envolvió sus piernas alrededor de la cintura de Billie, inclinándose hacia atrás sobre sus codos cuando ahora él tomó el control. Sus manos agarraron sus caderas con fuerza y su pene se hundió profundamente entre sus piernas. Podía sentir su cuerpo queriendo deslizarse hacia adelante y hacia atrás sobre la suave mesa mientras él la follaba furiosamente.

Su cuerpo tembló con un segundo orgasmo, olas de placer se extendieron por sus miembros y, por un momento, sintió que todo su ser estaba envuelto alrededor del grueso eje de la polla de Billie. Sintió que cada embestida que él le daba causaba una onda a través de su cuerpo, una onda que atravesaba cada parte de ella y luego salpicaba hacia atrás para encontrarse con su siguiente embestida. Él la estaba llenando por completo, su coño lo agarraba con avidez, apretándolo con fuerza.

Él se soltó e instintivamente ella se sentó, apoyándose en el brazo izquierdo. Su polla parecía enorme, hinchada y palpitante, sobresaliendo hacia su torso. De repente, se estremeció y un chorro de semen salpicó entre sus senos. Observó como una línea tras otra de semen salía disparada de la polla de Billie y caía sobre su cuerpo.

Cuando terminó, Diane miró hacia abajo y se rió. "¡Oh, vaya! Qué desastre". Se estiró y agarró su delantal de donde lo había dejado. Ella secó su semen de su frente, luego usó una esquina limpia del delantal para limpiar una gota final de la punta de su polla.

Poniéndose de pie, Diane hizo una pausa para estirarse y darle a Billie un largo beso. "Eso fue una sorpresa, ¿eh?" ella se rió. "Qué manera de recordar el último día de este lugar".

"Yo diré", dijo. "Eres increíble, Diane".

"Gracias." Ella sonrió. "Si no te importa, creo que será mejor que vuelva a la cocina y me ponga la ropa".

"¿Ahora?" Asintió a su izquierda. "Tienes clientes esperando".

Los ojos de Diana se agrandaron. Miró en la dirección que él le había indicado y vio a dos hombres esperando en una mesa. Bomberos, a juzgar por sus uniformes azules. Ambos la observaban con un interés no disimulado.

"¿Cuánto tiempo han estado ellos allí?" preguntó Diana en un susurro.

"No lo sé", dijo Billie. "Tiempo suficiente."

"Oh mi." Diane se mordió el labio, sabiendo que los dos hombres debían haber tenido un gran espectáculo. Ahora estaba de pie desnuda frente a ellos y se dio cuenta de que todavía estaba bastante excitada. Balanceándose sobre piernas inestables, caminó hacia la estación de la anfitriona y tomó dos menús.

***

Jimmy levantó la vista del partido de béisbol cuando Diane regresó a la cocina. "Estuviste ahí fuera mucho tiempo", dijo. Él la miró. "¿Estás bien? Te ves todo sudorosa".

"Sí, estoy bien", respondió Diane rápidamente, pasándose nerviosamente los dedos por el cabello. "Um... entraron otros clientes. Tenían algunas preguntas sobre el menú". Ella sonrió distante. "Querían saber si podían tener lo mismo que estaba teniendo Billie".

"Oh, está bien. ¿Así que estoy haciendo un par de Reubens más?" Jimmy se levantó y caminó hacia la parrilla.

"Um... no. Una hamburguesa con queso. Y un bistec frito. Dos cafés".

"¿Oh?" Jimmy pareció desconcertado por un momento, pero luego se encogió de hombros. "Está bien. Me pondré a trabajar". Señaló una silla en la esquina. "Tu ropa está allí en la silla".

"Gracias", dijo Diana. "Jimmy... He cambiado de opinión. Creo que quiero el trabajo aquí".

"¿Lo quieres? ¡Eso es genial, Diane! Me alegro de tenerte conmigo para esta cosa del club de striptease". Hizo un gesto hacia su cuerpo. "Como dije, solo te necesitaré como stripper hasta que contrate suficientes chicas. Tal vez un mes, tal vez dos. Después de eso, serás la gerencia. Manejaremos este lugar juntos".

"Suena genial, Jimmy".

"Entonces, ¿qué te hizo cambiar de opinión? Pensé que estabas bastante segura de que no querías el trabajo".

"Bueno..." Diane miró hacia la puerta del comedor. "Billie me convenció de que podría disfrutarlo". Caminó hacia su pila de ropa y sacó las bragas de cerca del fondo de la pila. "Además..." añadió en voz más baja, mientras comenzaba a vestirse, "Creo que ganaré bastante dinero en las habitaciones privadas".

Jimmy sonrió. "¿Crees que Billie será un cliente regular?"

Diane no respondió por un momento, sonriendo para sí misma mientras se abrochaba el sostén. "Él lo será", dijo en voz baja. "Lo conoces. Le gusta comer lo mismo todos los días".

FIN

DOMINANDO A SUSAN
EL NUEVO TRABAJO
(DOMINACIÓN ERÓTICA)
POR
ERIKA SANDERS

PRÓLOGO

Robert es un maduro hombre de negocios exitoso, casado y con un hijo de la misma edad que Susan.

Sus familias han sido amigos cercanos durante muchos años y él la había visto convertirse en una joven encantadora.

Él siempre había mostrado una amistad abierta hacia la chica y, a lo largo de los años, la había hecho consciente de su afición por ella.

En secreto, su relación amistosa y su cariño por la chica ocultaban sus muchos deseos oscuros, sin ninguna oportunidad de hacerlos realidad.

Su sumisión total hacia él era el único sueño, en sus pensamientos más oscuros y que deseaba que se hicieran realidad.

Susan es una chica, recién graduada, con un título en negocios en su mano y ansiosa por experimentar el mundo.

A punto de comenzar su primer trabajo real, un puesto ofrecido por Robert, amigo de la familia, por respeto a su padre y reconocimiento de sus habilidades.

Pero también, sin que ella lo supiera, alimentado por su deseo de poseerla.

Ella es una chica agradable, sensual pero dulce que ha tenido el mismo novio, Peter, desde su primer año de universidad.

Son aventureros, pero nunca perturban su mundo.

Ella sabe lo que quiere, o cree que lo sabe, pero realmente es bastante obediente dejando que otros la guíen por los caminos de su vida.

EL NUEVO TRABAJO

Se para frente al edificio, y sus ojos contemplan la fachada de acero y vidrio.

Observa a todos los hombres y mujeres bien arreglados y apresurados entrar y salir de la entrada.

Mira su propio traje de falda corta, reanuda el paso, y entra.

Se siente pequeña y un poco intimidada por los hombres que se elevan por encima de su estatura de un metro sesenta mientras sube al elevador y entra en el negocio de su nuevo empleador.

Mirando a su alrededor, lo ve en el mostrador de recepción hablando con una bomba de mujer rubia y riendo coquetamente, y su sonrisa iluminando su rostro mientras la gira hacia ella.

Ella se sonroja sin saber por qué y se mueve hacia él con los tacones haciendo clic en el suelo de baldosas.

El brazo de él le rodea protectoramente sus hombros mientras la presenta a la chica del escritorio.

"Anne, esta es mi pequeña Susy!"

Ella se sonroja, luego se endereza y extiende su mano.

"Hola, en realidad mi nombre es Susan, gusto en conocerte".

Él la dirige con la mano constante sobre su hombro a varios departamentos y a otros ejecutivos.

La presenta como Susan, por lo que está agradecida, y que quiere poner sus mejores maneras en este mundo de gran rivalidad.

Ella permanece cerca de él durante toda la mañana tratando de memorizar una gran variedad de nombres antes de que finalmente la lleve a su suite de oficina.

Él la muestra el escritorio en la antesala que será suyo la mayor parte del tiempo que ella esté aquí.

Ella guarda su bolso y pasa los dedos suavemente sobre los muebles bien elegidos.

Es llevada a su oficina donde él le señala con la mano a los opulentos muebles oscuros, todos de cuero y caoba.

"Y aquí es donde trabajo".

Dejando su lado por primera vez, él se sienta en su escritorio.

Ella se siente extrañamente sola parada en esta gran oficina ante él.

Tomando algunas llaves, continúa hablando:

"A la izquierda, detrás de la salita de recreo, encontrarás una puerta a una pequeña cocina. Esta a menudo entretiene a los clientes. El refrigerador de la barra debe permanecer abastecido siempre con lo que aparece en la lista, y además hay un menú. Debes aprender a cocinar todos los platos, en caso de que el cocinero no esté disponible. Lo pondré en tu programa de entrenamiento ".

Se había movido rápidamente detrás de ella empujándola hacia la puerta y abriéndola.

Con los ojos muy abiertos y sobrecogida por el tamaño de la compañía y las oficinas que poseía, todo lo que puede hacer es asentir tontamente.

"Eso será así. "

"Sí, señor", dice él con una sonrisa, pero la severidad de su voz la sacude.

"Sí, señor ". Ella responde automáticamente.

Tomándola del brazo, él se mueve fuera de la cocina y la lleva a otra alcoba con la puerta en la misma pared.

"Y este es mi baño privado, puedes usarlo, pero solo con mi permiso, ¿entiendes, Susy?"

Ella asiente de nuevo sin palabras ante la opulencia de este baño, recuperándose cuando lo siente ponerse rígido, balbuceando:

"Sí, señor".

Él sonríe ante su obediencia.

"Utilizará el baño de empleados en el pasillo si tiene necesidades y yo no estoy aquí"

Ella es más rápida esta vez.

"Sí, señor".

En el otro lado de la habitación, dos alcobas similares con puertas que él les muestra.

"Esta es una sala de reuniones privada", ella mira rápidamente mientras él la apresura "... y aquí es donde descanso si necesito pasar la noche en la ciudad ".

La habitación estaba oscura y se vislumbraba una gran cama con dosel y bancos extraños en la gran sala.

Apenas tuvo tiempo de percibirlo antes de que le cerrara la puerta.

La lleva de vuelta a su escritorio, enciende la computadora y le muestra el servicio de mensajería personal desde su oficina a su computadora que siempre debe estar encendida y abierto.

Contento con los "Sí señor" apropiados en los momentos correctos y su inclinación natural a ser servicial, la deja en el escritorio para que se familiarice con su nuevo entorno.

Él pone a prueba su atención enviándole pequeños mensajes instantáneos y se sonríe ante sus respuestas inmediatas mientras ella lee las tareas y los distintos horarios que le quejaron en su escritorio.

LA OCUPACIÓN REAL

Él fue paciente y amable mientras ella se familiarizaba con su nuevo trabajo dentro de su compañía.

Hablaba con ella a menudo a través de la pantalla de mensajería instantánea durante los momentos en que no estaba en reuniones, o fuera de la empresa, preguntándole acerca de su familia, amigos, por cómo iban las cosas con su novio, haciéndola sentir a su vez su cariño e interés genuino en su vida.

Durante las primeras semanas, muy ocupadas de su entrenamiento, se tomó el tiempo de consultar con ella y ajustarle el horario si fuera necesario, convirtiéndose en su mentor, su amigo y, a veces, una figura paterna severa.

Bromeaba con ella, jugaba y charlaba amigablemente.

Las conversaciones poco a poco se volvían más íntimas a medida que pasaba el tiempo.

Jugaron a verdad o reto, a menudo, a través de la computadora, y en el juego sus preguntas se volvieron más personales y directas.

Luego se detuvo mientras leía su última respuesta.

Había esperado que sucediera algo así, pero nunca esperó realmente que sucediera.

Aquí estaba jugando a la verdad y aquí estaba la ocasión de atreverse con ella otra vez.

Ella siempre elegía la verdad ... y acaba de confesar una nalgada de su novio, y que le había gustado.

Con eso, iba a comenzar a hacer realidad su sueño.

Sabía que probablemente nunca volvería a jugar a esto con él de nuevo, y casi retrocedió, pensando que ella quería dejar de hacerlo, o peor aún, decírselo a alguien de la compañía y luego a su familia.

Sin embargo, tenía que seguir adelante.

Su deseo sostenido por mucho tiempo lo condujo, y comenzó a escribir.

Ella no había elegido atreverse, pero él continuó escribiendo...

***

"Te reto a que me dejes azotarte, Susy".

Ella fijó la vista, no podía creer lo que estaba leyendo.

Se había acercado a él, lo adoraba y la forma en que la cuidaba y la hacía sentir tan especial, casi como su fuera su padre.

Quizás estaba bromeando con ella otra vez, sin creer lo que ella le había contado sobre su cita la noche anterior.

Su mente dio vueltas al pensar en cómo se había sentido recibiendo una nalgada por parte de su novio y se retorció en su asiento al darse cuenta de que necesitaba responder.

Miró fijamente la pantalla, el cuadro de mensaje estaba en blanco, de momento, esperando su respuesta.

***

Él comenzó a asustarse, pero luego vio que ella estaba escribiendo.

Su corazón latía rápido, y se asustó el pánico, antes de que finalmente viera lo que ella estaba escribiendo.

"Sí señor."

Tecleó rápidamente, empujándola a actuar a ella y a su suerte:

"Entonces entra en mi oficina y cierra la puerta. Cuando entres a mi oficina obedecerás todas mis órdenes, te acostarás sobre mi regazo sin hablar y te someterás a mis nalgadas".

***

Ella parpadeó ante su respuesta.

Este juego se estaba volviendo serio, pero era solo un juego, ¿verdad?

¿La estaba probando?

¿Debería retroceder?

Ambos estaban nerviosos y tensos por sus propios motivos, pegados a la pantalla de la computadora.

Ella no quería ser la primera en retroceder y que él se burlara de ella.

Ella escribió:

"Sí, señor".

* * *

"Entonces ven a mi oficina, Susy, y cierra la puerta".

No hubo respuesta, pero ella entró rápidamente a su oficina y cerró la puerta como un conejo asustada, incrédulo de lo que acababa de aceptar, pensando que todavía estaba jugando con ella.

Se sentó aparentemente impasible mientras su cuerpo le dolía por ella, al ver su miedo, la confusión y el calor en sus ojos que la hizo continuar.

"Mi regazo espera"

Ella dio un paso adelante y él levantó la mano, se detuvo a medio paso.

"Estuviste de acuerdo en obedecerme entrar en esta habitación, ¿no?"

Visiblemente temblando, ella susurró:

"Sí, señor".

Él señaló el suelo, se estaba envalentonando, y gruñó,

"Arrástrate hacia mí".

Observó cómo veía las emociones jugar en su rostro, renuencia, miedo, temor, emoción y finalmente sumisión.

Dejó escapar el aliento que estaba conteniendo mientras veía el comienzo de su sueño hacerse realidad, su pequeño cuerpo cayendo de rodillas y luego a sus manos mientras ella comenzaba a gatear hacia él.

Sintió que su polla se agitaba al verla.

Era suya finalmente, aunque solo fuera por esta tarde.

* * *

No podía creer que estaba haciendo esto, este hombre que había conocido toda su vida estaba a punto de azotarla realmente.

El juego había ido demasiado lejos, pero ¿por qué no lo estaba deteniendo?

¡Ella se da cuenta de que lo quería!

Oh, Dios, ¿ella lo quería?

¿Había algo mal con ella?

¿Por qué se sentía así?

Sus ojos se clavaron en su fuerte cuerpo en su gran silla cuando ella alcanzó sus pies y deslizándose como una serpiente se movió en su regazo.

Sabía que estaba mal, pero no podía evitarlo.

Sin palabras, sin discusión, sin acariciarla por ser una buena chica, la mano se estrelló contra su trasero con fuerza, y ella chilló.

***

Miró al hermoso ángel que se arrastraba hacia él, su mente yendo a los lugares más oscuros y teniendo que retroceder, tan joven e impresionable que no se da cuenta de su valía.

Él usaba toda su fuerza de voluntad para permanecer impasible mientras ella se desliza sobre su regazo, seguro de que puede sentir esta dureza en su estómago mientras él le levanta la falda, revelando una tanga rosa, levanta la mano y la golpea con todas sus fuerzas.

Si solo por esta vez la disfrutara.

Observa cómo sus músculos tensos se ondulan bajo el ataque y las huellas su mano brillan en rojo sobre su piel blanca.

Ella chilla y jadea:

"Ohhhhh esoooo dueleeeeee".

Ella chilla y retuerce sus piernas pateando cuando él la azota de nuevo profundamente.

***

Pierde la cuenta de los azotes mientras el dolor llena su pequeño cuerpo y la calienta.

Se da cuenta del calor que comienza en su pequeño coño y la humedad en sus muslos mientras la azota.

Perdida en su calor y necesidad de gritar, pequeñas lágrimas surcan sus mejillas.

* * *

Su mano se adormece mientras la azota con fuerza saboreando la tensión de los músculos duros, sus gritos y súplicas para que deje de azotarlo mientras pinta su pequeño culo de un rojo brillante.

Se detiene cuando la ve mojada entre las piernas, increíblemente, su pequeño cuerpo espasmódico sobre su regazo.

* * *

Su mente se encerró en el poder de este hombre mientras jadea y chilla.

Mientras él continúa azotándola con fuerza y rápido, su cuerpo se hace cargo mientras su mente se tambalea, siente el calor y la necesidad acumulada de un novio demasiado inepto y perdida en la sensación que ella se corre, se pone dura y su orgasmo le cae a chorros sobre sus muslos con este simple azote.

Ella siente que él se detiene y se muere adentro.

Su vergüenza la llena mientras ella tiembla sobre su regazo, jadeando y sollozando.

El calor de su rubor llenaba su rostro, tan avergonzada, ¿cómo pudo haber hecho eso?

* * *

Él sonríe al ver su cara sonrojarse de vergüenza, la mantiene en su lugar, sabiendo que este es su momento.

"Durante la próxima semana, te convertirás en mi esclava. Esta será tu ocupación real. Me obedecerás en todo lo que yo te mande. Te mantendrás a la vista todo el tiempo y me pedirás permiso para irte si es necesario, aunque solo sea para ir al baño. Te poseeré y me obedecerás. Al final de una semana hablaremos de esto nuevamente ".

* * *

Acostada en su regazo sintiendo el orgasmo de sus nalgadas, ella escucha sus palabras.

Es una declaración, no una pregunta.

Se da cuenta de que no le ha dado opciones.

Ella inclina la cabeza avergonzada, temblando por lo que acaba de hacer.

Y ella gime:

"Sí señor"

LA HISTORIA CONTINUA EN EL PRÓXIMO VOLUMEN: LAS REGLAS

CASADA CURIOSA
CINDY LA VAMPIRA 1
ERIKA SANDERS

El internet es una cosa maravillosa. Te permite conocer personas que nunca se te habrían cruzado en tu camino. Y esta noche eso significaba conocer a Rachel. Al menos ese era el nombre que me dio y ciertamente no tenía mucha intención de profundizar en su vida real. En todo lo que estaba interesada era en esta noche.

Habíamos coincidido en una sala de chat lésbico hacía unos tres meses antes. Nos habíamos presentado la una a la otra de la manera habitual. Habíamos intercambiado nombres, y luego fotos. Habíamos tenido sexo cibernético salvaje y habíamos compartido fantasías sexuales.

Ya con la confianza que da haber llegado a tener sexo, aunque fuera cibersexo, empezamos a hablar un poco de nuestra situación personal. Ella era una madre felizmente casada con dos adorables niños y su esposo era un tipo bastante agradable, aunque bastante aburrido en la cama, para lo que se esperaba de un marido.

Ella era intensamente curiosa, sexualmente hablando. Pero tenía miedo de tener una aventura con alguna conocida, por razones obvias. También tenía miedo de estar con una extraña. De nuevo las razones eran notoriamente obvias. Pero había llegado a un punto en que las fantasías en línea ya no satisfacían sus deseos más lascivos.

Yo quería ser tan sincera con ella como fuera posible. Le dije la verdad, que era soltera y que había sido activamente bisexual durante mucho tiempo. Le envié fotos mías reales y le dije cuáles eran mis preferencias sexuales cuando tengo sexo lésbico.

Nos hicimos más confidencias, conectamos más y finalmente tomamos la decisión de darnos nuestros teléfonos.

Como ella era la que más tenía que perder, la primera vez que hablamos, la llamé a la cabina telefónica que había elegido. Fue una conversación breve, solamente con el propósito de asegurarnos que ambas éramos mujeres.

Ella sugirió que nos reuniéramos para un primer contacto en un bar cerca de su oficina, donde a veces se detenía para tomar algo después del trabajo. Si a las dos nos gustaba lo que veíamos, podíamos ir después a su despacho, ya que tenía su propia entrada discreta. Y si no era así, podríamos ir cada una por nuestro lado. Por mi parte tuve que insistir en que nos encontremos por la tarde noche, a la caída del sol.

Llegué la primera a la cita. Estaba preocupaba en no causar una buena impresión cuando vi como entraba una rubia alta y esbelta y que me miraba. Por mi parte tengo los ojos verdes, el pelo rojo y la tez blanca de mis raíces irlandesas. Todavía me salpican las pecas, que me ayudan a desmentir mi edad. Soy delgada, con una nariz bastante chata y en el momento en que entró Rachel estaba tomando una botella de cerveza con una mano y tenía un cigarrillo en la otra.

Rachel estaba tan nerviosa como lo podría estar cualquier mujer ante una cita a ciegas. Estaba vestida para el trabajo, muy elegante con lo que supongo usaría una contable de éxito, con una falda azul marino y un blazer sobre una blusa blanca y con un par de zapatos con tacones a juego. Se sentó, cruzó y descruzó sus atractivas piernas y me quitó un cigarrillo. Lo que fue un error, tal como resultó. Le dio una bocanada y ella ya se estaba ahogando.

Por un momento pensé que eso era el final, que la vergüenza la haría salir del local. Le quité el cigarrillo de los dedos y le pedí otra cerveza. Ella le dio un tragó y casi se atraganta nuevamente. Debajo de la mesa, tomé su mano con la mía. Sonreí, le apreté la mano y me lancé a un hablarle con una charla intrascendente hasta que recuperara su tranquilidad. Era obvio que estaba muy nerviosa.

"Lo siento mucho", se disculpó. "Es que esto no lo he hecho nunca y estoy un poco..."

"¿Nerviosa?" Yo le dije. "Yo también." Ella me miró incrédula. "En serio, lo estoy", insistí. "Sé que hemos hablado y demás, pero podrías haber sido un maníaco babeante bajo tu bonito disfraz exterior. Pero obviamente no lo eres".

Mi rodilla se encontró con la de ella y pusimos nuestras manos juntas sobre ellas. Ella mantuvo mi mano así y mis esperanzas renacieron de nuevo.

A continuación, hubo un poco de conversación algo nerviosa, pero ambas nos fuimos relajando y comenzamos a divertirnos. Acercamos un poco más nuestras sillas con lo que nuestras piernas también lo hicieron.

Con la mano que tenía en su rodilla la comencé a acariciar y luego la subí por su muslo. Su mano siguió descansando sobre mi rodilla al principio, pero luego también comenzó a explorar mi propia pierna.

Vi la emoción creciendo en sus ojos, un sentimiento que estaba segura estaba emparejado en el que yo también sentía. Pagamos nuestras consumiciones, recogimos nuestras pertenencias y discretamente la seguí por la puerta del local hacía su trabajo en el edificio de oficinas que estaba al lado.

Entremos y cerramos la puerta detrás de nosotras. Rachel me había dicho que no habría nadie más en el edificio a esa hora ya tardía, pero de todos modos se asomó al oscuro pasillo para comprobarlo.

La visión de la falda apretando su culo mientras se inclinaba a mirar me decidió a actuar. Ya era hora de comenzar. Me puse detrás de ella y cuando se enderezó, pasé un brazo alrededor de su cintura. Mis labios se dirigieron a su oído y mi lengua se sumergió en él.

Con mi otra mano abrí la puerta cerrada de su despacho, empujé suavemente a Rachel dentro y después se la puse en las curvas de su culo y le comencé a bajar la cremallera de su falda. Esta cayó alrededor de sus pies, dejándome ver sus hermosas piernas cubiertas ahora ya solo con sus sensuales medias y su firme culo con unas bragas de encaje negro de corte francés.

Me eché unos pasos hacia atrás para admirarle el culo y las piernas mientras me despojaba de mi vestido. Me volví a acercar por detrás de ella y pasé mis brazos alrededor de su cintura acariciándosela para luego subir ambas manos para deslizarlas debajo de su sujetador y copar sus pechos.

Ella giró su cabeza para besarme y se apoyó contra mi cuerpo. Jugué con sus pezones y chupé su lengua hasta que ella se movió para mirarme. Ella logró desabrochar mi sujetador y pasarlo por mis brazos con manos temblorosas mientras yo casi arrancaba el suyo. Después nos quitamos nuestras bragas.

Juntas y acariciándonos nos tambaleamos andando hasta un sillón de cuero enorme de ejecutivo que parecía muy cómodo. La empujé hacia el sillón y me puse delante de ella. Le subí las piernas sobre los brazos extendidos del sillón y me apoyé en su coño abierto. Ella casi gritó cuando mi clítoris se encontró con el de ella, pero logré sofocar el grito besándole en la boca.

Nuestros duros pezones se raspaban los unos contra los otros mientras empujaba mi pelvis contra la de ella. Cachetadas, y ruidos de succión se comenzaron a oír junto con el increíble aroma de dos mujeres excitadas. Mis caderas se levantaban y caían contra ella y ella incorporaba las suyas para encontrarme hasta que nuestros cuerpos se unieron con espasmos y ambas nos corrimos.

Ella se hundió en la silla. Pero aún yo no había acabado con ella. Mientras ella temblaba, lentamente deslice mi cuerpo hacia abajo. Hubo un momento en que mi cara se presionó entre sus pechos y casi pierdo el control, pero logré continuar.

Mi lengua y mis labios continuaron su camino por su estómago y sobre su sexy montículo. Le levanté sus piernas sobre mis hombros, inclinándome hacia ella y levantando su culo hacia arriba. Cubrí sus labios mojados del coño con mi boca y mi lengua se puso a darle placer.

Esto era lo que había querido hacer desde que la vi. Sabía que esto era lo que ella había querido experimentar por primera vez. La sostuve con mis manos y alterné la succión de sus labios hinchados con mi boca y con la pasada de mi lengua cada vez más y más profundamente en su rajita abierta. Sus manos se deslizaron por mi espalda y me ayudó empujando sus caderas hacia mí, subiendo y bajando por mi cara.

Se agitó en la silla de cuero mientras mi lengua rozaba su clítoris. Mis manos se apretaban y se aflojaban, masajeando su culo firme y manteniendo su sexo húmedo presionado en mi cara.

Alterné al lanzar mi lengua dentro de ella con breves pinchazos rápidos a otros golpes más amplios, raspado arriba y abajo en su abertura abierta.

Pasé un dedo más adentro que lo conseguía mi lengua, y luego otro. Girando y girando mi muñeca, sentí como su cuerpo se tensaba. Empujé todos mis dedos dentro de ella y agregué el pulgar de la otra mano. Este deslizamiento fue suficiente para cubrirlo con sus jugos. Lo saqué y con un movimiento rápido lo metí por el culo.

Echó la cabeza hacia atrás y levantó las caderas para que le introdujera más profundamente mis dedos. Mientras lo hacía, mis labios se deslizaron por el interior de su muslo. Justo encima de su mitad superior noté la presencia de su pulso latiendo fuertemente. Mis colmillos como agujas pincharon su piel sin apenas resistencia para alojarse en su arteria femoral.

Como esperaba, la llegada de su orgasmo fue tan intensa que nunca sintió la penetración adicional en su cuerpo. Sus sentidos estaban abrumados. Sus continuas subidas y bajadas sobre mi mano y sus gritos apagados fueron el resultado de mis penetraciones en su coño y culo, no en respuesta a mi mordida. Para cuando su cuerpo se calmó lo suficiente como para reconocer cualquier otra cosa, ya estaba cayendo en la inconsciencia.

Terminé de alimentarme y me retiré de su pierna. Bueno. Las pequeñas marcas de punción apenas se notaban. Incluso si alguien sospechaba lo que había sucedido, buscarían las marcas tradicionales en el cuello. Siempre he tratado de evitar éstas cuanto fuera posible.

El siguiente paso era vigilar el área. Saqué una toallita del baño del pasillo y la limpié cuidadosamente. Le puse su ropa interior y le acomodé la ropa. Le quité las medias y las puse en un práctico cajón. Vi que tenía un armario, lo abrí y puse sus zapatos de tacón en la parte baja del armario donde estaban otros zapatos.

Tampoco quería que pareciera que había conocido a un amante aquí, después de todo. Encendí su computadora y borré cualquier rastro de nuestra correspondencia. Saqué unas carpetas y las extendí alrededor del escritorio, colocando una sobre su regazo, abierta con sus manos encima. Abrí el cajón inferior de su escritorio y apoyé sus pies sobre él, cruzando sus tobillos.

Miré cuidadosamente alrededor de la habitación. Sin sangre, sin señales de algún intruso y sin rastro de mi presencia. Era hora de irse. La revisé cuidadosamente una vez más. Su pulso era lento pero regular y su respiración era normal. Dejando solo encendida la lámpara de escritorio, me deslicé a través de la puerta al exterior, sintiendo más que escuchando cómo se cerraba detrás de mí. Ella estaría bien por la mañana, aunque estaría un poco mareada por la bajada de la presión sanguínea que la había hecho desmayarse esta noche. Se sentiría aliviada al descubrir que me había ido. Incluso podría ir a un médico y hacerse un cheque. Pero seguro que ella recordaría con placer su primera experiencia lésbica.

¿Qué? ¿Esperaban que la matara? ¿Qué bebiera toda su sangre hasta que ella fuer una forma vacía y sin vida? Que creen que soy, ¿una desalmada, un no muerto, o un monstruo chupasangre?

No me importa que se use el término "no muerto", pero prefiero "inmortal". Sin embargo, tengo que admitir que el primer término es correcto. No respiro, mi corazón no late y lo que fluye en mis venas es solo algo mecánico. Y sí, bebo sangre. Solo trata de pensar en mí como alguien que necesita muchas transfusiones.

Estaría perfectamente feliz de vivir en el banco de sangre local, pero no puedo. Hay una escasez de sangre en todo el país. ¿Alguno de ustedes ha visto cuantos anuncios hay de la Cruz Roja pidiendo donaciones?

Por otra parte, casi no tengo alma y me molesta muchísimo que me llamen monstruo. Excepto por algunos cambios que ocurrieron después de un extraño encuentro de hace unos cientos de años, todavía soy la hija más joven y favorita de la señora Madison, y me llamo Cindy.

Me gusta la música, bailar, disfrutar del buen whisky irlandés y una buena narración de cuentos. Todavía soy una coqueta, no estoy dispuesta a establecerme con otro vampiro (fíjense, unos amigos, son pareja y están muy felizmente casados) y me gusta la compañía de ambos sexos.

Todavía tengo algo alma y conciencia. Y todavía asisto a la Misa del Gallo por el amor de Dios, aunque en mi confesión anual por Pascua ha ocurrido que más de una vez el sacerdote me ha regañado por contar grandes mentiras en la confesión. Sin embargo, es mejor eso que ser expulsado del confesionario por alguien que grita "Espíritu impuro" y que trata de clavar una estaca en mi corazón.

Soy una vampira, no un demonio. Los únicos problemas es que tengo una alergia severa a la luz solar y que mi cuerpo solo se alimenta de una manera específica.

Por cierto, no puedo volar. No en mi forma humana de todos modos (Entiendo que es la única forma que tengo. NO me convierto en murciélago. Estoy seguro de que arruinaría mi maquillaje). YO SOY más fuerte que una persona normal y sí, continuaré viviendo (término equivocado, pero no sé qué más cabe) previsiblemente durante mucho tiempo.

Por cierto, no tengo idea de qué ocurre después de la muerte. No recuerdo nada de lo que sucedió entre que me desmayé por causa de los colmillos de ese tipo en mi garganta y al despertar en un ataúd. Y esa no es mi idea perfecta de dónde pasar la noche.

Hay varias razones por las que no mato humanos.

Primero y, ante todo, no soy una asesina. Pocos vampiros lo son. Incluso para aquellos que no tienen escrúpulos morales en matar, dejar el paisaje plagado de cadáveres no es una opción muy interesante. Llama la atención. Pueden hacerte quemar en la hoguera, y no es un final que me atraiga, especialmente después de lo cerca que llegué a ese final en Hungría hacia el año 1590.

Segundo, si no eres muy cuidadosa, crearás más vampiros. No se sorprenda de que no lo consideremos una "buena cosa". Piénselo, cuantos más vampiros haya, más gente será mordida. Eventualmente te podrías quedar sin humanos y entonces, ¿de dónde sacaríamos la sangre que necesitamos? Los animales solo serían una solución a corto plazo, necesitamos sangre humana. No tengo ni idea del por qué, pero es así. Le pregunté a Dios, pero no me contestó. Y no se puede preguntar a los gobernantes.

Oh sí, los gobernantes. ¿No crees que el gobierno no sabe que existimos? Por supuesto que lo saben. Pero ahora son buenos tiempos. Tenemos un acuerdo informal, pero fuertemente asegurado con ellos. Nos mantenemos a un nivel bajo, nos comportamos bien y no nos aniquilan. Y no somos muchos los nuestros, por las razones que acabo de explicar.

Y a cambio, hacemos ciertas cosas para el gobierno. Después de todo, también somos patriotas. Alguien que puede atravesar gases venenosos y ser acribillado con balas sin sufrir ningún daño puede ser muy útil para todas las agencias.

Tengo un viejo y muy antiguo amigo, James, que trabaja para el FBI. Le tengo mucho cariño, incluso aunque haya nacido en Inglaterra. Nos vemos de vez en cuando, sobre todo porque generalmente estoy empleada por otra rama del gobierno, en concreto la CIA. Oye, una chica tiene que ganarse la vida haciendo algo.

Me subí a mi furgoneta y me senté en la silla de cuero del conductor. Es sencilla en el exterior, pero muy bien decorada por dentro. La ventaja es obvia. Solo un par de ventanas y cortinas que brindan seguridad en caso de que no haya podido llegar a casa sana y a salvo antes del amanecer.

Me apetecía un trago de whisky, maldita sea. Sin embargo, no bebo cuando conduzco así que encendí el motor y salí de la ciudad hacia el motel en la carretera interestatal donde había hecho una reserva.

Sonreí mientras conducía. Rachel había estado encantadora sexualmente hablando y muy sabrosa también. Con ella ya estoy alimentada para varios días, ya que también me había comido recientemente a una estudiante universitaria gótica, alguien con quien repito, lo que es muy inusual.

Casi todos los meses, ella y yo hacíamos el amor, y el clímax llegaba que yo me bebía su sangre mientras la sujetaba encima de mí y ella me comía el coño. A veces me preocupaba que me estuviera encaprichando con ella. A ver cómo le podría explicar algo como eso a mi confesor.

Mi teléfono celular sonó cuando entré en el estacionamiento del motel. De nuevo, estoy pasada de moda. Mi teléfono no canta ni baila ni reproduce una selección de éxitos musicales. Simplemente suena. Aunque tengo identificador de llamadas. Me había quedado allí ya la noche anterior, así que estacioné y entré mientras miraba la pantalla.

"Hola James. ¿Qué le pasa a mi federal favorito?"

"Espero que estés ya dentro, segura, porque el sol está a punto de aparecer allá donde estás. ¿Dejaste a esa agradable contable en buena forma?"

Se los juro, él tiene siempre tiene que demostrarme lo fácil con que puede rastrearme. Es hora de volver a buscar a los malos con la camioneta. Amo a James, de hecho, hemos tenido mucha intimidad bastante a menudo en los últimos 150 años, pero todavía no quiero que esté al tanto de cada uno de mis movimientos.

"Ya estoy y así lo hice James. Por favor, sin juegos cariño, estoy saciada y estoy muy cansada".

"Bueno, duerme bien y dirígete mañana a Washington. Vas a estar ocupada". Su tono de broma se había vuelto serio. "Estás de vuelta en nómina a tiempo completo. Alguien se ha vuelto loco".

Gruñí. " Alguien se ha vuelto loco " se dice cuando un vampiro pierde su control y comienza a matar, a menudo indiscriminadamente. Las mejores personas para detener a alguien así son, lo adivinaron, otros vampiros.

"Estaré en la carretera al caer la noche, James. Mantente en contacto". Colgué el teléfono y lo arrojé sobre la cama. Cerré la puerta y me dirigí hacia la botella que estaba junto al fregadero. Ahora sí que realmente necesitaba una bebida.

FIN

SUMISA
ERIKA SANDERS

Te deseo.

Todo de ti.

De la cabeza a los pies y todo lo demás.

Tu cuerpo, tu mente, tu alma.

Las imperfecciones que odias que yo no.

Amo cada parte de ti, tal como eres.

Especialmente ese culo.

Quiero estar contigo.

Todo el tiempo.

No importa dónde esté.

Mi mente divaga, provocada por un pensamiento o una imagen.

Una canción.

Tus iniciales en una matrícula.

Una simple palabra hablada de pasada que tiene un significado especial para ambos.

Un extraño que lleva el pelo como tú.

Vestido como tú.

Quiero oír tu voz.

Cuando me llamas con tus nombres de mascotas.

Dime que me amas, me extrañas.

Describe cómo fue tu día.

Pregúntame sobre el mío y dame tu opinión.

Comparte lo que estamos haciendo o planeamos.

Incluso lo mundano.

Sedúceme a altas horas de la noche mientras estoy tumbada desnuda en la cama en la oscuridad y tú estás a kilómetros de distancia.

Sé duro conmigo cuando me pongo malcriada y hago pucheros por colgarme el teléfono para dormir o para prepararte para el trabajo.

Quiero ver tu interior abierto por escrito.

Saboreo cada nuevo mensaje y foto.

Reviso las conversaciones pasadas.

Recuerdo que cuando no estamos físicamente juntos, todavía piensas en mí.

Que puede estar ahí con un toque de tus dedos.

Tus palabras son fuertes a pesar de que no hay sonido; me tocan en el fondo, como si me las hubieras dicho directamente al oído.

Quiero comentar mis novelas contigo.

Sugiéreme ideas mientras hacemos una lluvia de ideas sobre la trama y los nombres de los personajes.

Elimina las áreas problemáticas.

Marearte con los comentarios y opiniones de los fans.

Apaciguar mi ira y confusión cuando los lectores sin rostro y sin corazón critican mis historias sin una buena razón.

Y continúo escribiendo otro día con tu ánimo.

Quiero ser domesticada por ti.

Para cocinar y hacer los quehaceres de la casa.

Hacer recados.

Ir a bailar, ver una película y hacer viajes.

Solo acurrúcate y toma una siesta en el sofá en un fin de semana lluvioso.

Llamarme deseoso para hacer el amor bajo montones de mantas en la cama todo el día.

Dormirnos en los brazos del otro por la noche y luego despertarnos uno al lado del otro por la mañana.

Ducharnos juntos.

Tener sexo de reconciliación cuando peleemos.

Quiero ser besada por ti.

Repetidamente.

Tanto con ternura como con brusquedad.

Sabes cómo burlarte de mí.

Satisfacerme.

Despertarme con tus labios, dientes y lengua.

Para hacerme llorar y gemir.

Suplicar.

Mi cuerpo tiembla.

Quiero hacer cosas pervertidas contigo.

Asistir a comidas y eventos.

Hacer amigos en tu estilo de vida.

Participar en juegos sexuales en fiestas.

Descubrir más deseos secretos.

Liberar nuestras inhibiciones.

Explorar nuestros lados más oscuros.

Llevarnos el uno al otro a lo más alto de los máximos y luego consolarnos el uno al otro cuando caemos en el más bajo de los mínimos.

Quiero ser dominada por ti.

Gruñó porque soy tuya.

Haces que mi pulso se acelere y que la respiración se detenga al oír tus órdenes.

Silencioso o brusco, ambas situaciones me hacen sonrojar.

Tengo muchas ganas de que me sujetes contra la pared con tu polla entre mis piernas, presionado contra mi coño.

Que me ordenes follarte ... que venirme solo cuando tú lo digas.

No tengo más remedio que ceder cuando torturas mis oídos, cuello y pechos con tu boca.

O cuando siento tus manos sobre mi cuerpo mientras reclamas lo tuyo.

Mi pecho se hincha de orgullo cuando dices que soy una "buena chica" por hacer lo que quieres.

Quiero estar atado por ti.

Físicamente.

Mentalmente.

Con tus manos, esposas o cuerdas.

Mis muñecas sostenidas en tu agarre por encima de mi cabeza o aseguradas a la cabecera de la cama.

Piernas restringidas, juntas o separadas.

Mis movimientos y reflejos controlados.

Cualquier posibilidad de tocarte eliminada.

Una venda sobre mis ojos para no ver lo que me vas a hacer.

Quiero ser jodida por ti.

Desnuda y abrumada bajo tu cuerpo mientras me arrasas.

Quedarme libre de restricciones sin un toque de ninguno de los dos, usando solo tus palabras para hacerme retorcerme y gemir mientras arruinas mi mente deliciosamente.

O los toques simples y ligeros que has descubierto que me sacan múltiples orgasmos sin importar dónde acaricies mi cuerpo.

Quiero que me utilices.

Ser arrastrada de un sitio a otro a tu antojo.

Abrumada cuando lucho.

Mi trasero desnudo golpeado mientras me sujetabas.

Mis juguetes usados en mí ... por ti.

Tu mano aferrada a mi cabello en la parte de atrás de mi cuello.

Presionando ligeramente sobre mi garganta mientras me miras a los ojos.

Para recordarme quién está a cargo.

Quiero obedecer tus reglas.

Cuando estás fuera de mi alcance, me dan algo en lo que concentrarme.

Están definidas teniendo en cuenta mi mejor interés.

Sé que serás disciplinado en consecuencia si las rompo.

Que confíes en mí para ser honesta contigo cuando te he desobedecido.

Quiero que me consueles.

Acurrucada contra ti cuando estoy a abrumada o tengo un mal día.

Mi cabello acariciado y besado con mi cabeza acurrucada debajo de tu barbilla contra tu pecho.

Calmada por tus palabras y tus brazos a mi alrededor.

Mecida hasta que cese cualquier lágrima.

Quiero cuidarte.

Para abrazarte cuando estás triste, cansado o enfermo.

Seré tu fuerza, alguien en quien apoyarte, porque incluso un Dominante puede tener momentos débiles.

Como tu sumisa, estoy aquí para ti en cualquier situación que me necesites.

Para complacerte o aliviar tu dolor.

Quiero todas estas cosas y más.

Porque soy sumisa de esa manera.

Como tu dominante ...

FIN

www.ingramcontent.com/pod-product-compliance
Lightning Source LLC
LaVergne TN
LVHW091228150826
845673LV00003B/1061

* 9 7 9 8 2 3 0 1 2 8 9 1 5 *